Gewidmet
allen leidenschaftlichen Rauchern
und
„Genussmenschen"

RAUCHER aller Länder, vereinigt Euch!

Smokers of the World, unite!

- Gedanken eines harmlosen Rauchers -

*Bibliografische Information der Deutschen Nationalbibliothek:
Die Deutsche Nationalbibliothek verzeichnet diese Publikation in der
Deutschen Nationalbibliografie; detaillierte bibliografische Daten
sind im Internet über http://dnb.dnb.de abrufbar.*

Satz, Layout und Umschlaggestaltung:
Uwe Reinhardt

Herstellung und Verlag:
BoD-Books on Demand,
Nordestedt

ISBN: **978-3734755736**

Geständnis:

*Ich
gestehe hiermit,
ein leidenschaftlicher*
Raucher
und
„Genussmensch"
zu sein,

----

der sich zumindest die
Freiheit
erbeten möchte,
selbst
zu entscheiden,
wann und wo
ich
zu Hause rauche.

Ich
bin ansonsten
ein ruhiger, ausgeglichener, toleranter Typ,
der
sich nicht aus der Ruhe bringen lässt,
der
niemandem etwas Böses will,
der
mit seinen Mitmenschen in Frieden leben möchte,
der
Ungerechtigkeit hasst,
der
es nicht mag, wenn man ihm etwas vorschreibt
der
aber aus der Haut fahren könnte,
wenn er in seiner persönlichen
Freiheit
eingeschränkt werden
soll.

Liebe Leidensgefährten,

laut Beschluss des Bundesgerichtshofes in Karlsruhe heißt es neuerdings, dass Raucher verpflichtet werden können, nur noch zu bestimmten Zeiten auf ihrem Balkon oder der Terrasse zu rauchen...

Ich frage mich langsam:

Wo fängt es an und wo hört das auf?

In der Diktatur der ehemaligen DDR waren wir unter anderem in unserer Reise**freiheit** eingeschränkt.

Nach der Öffnung der innerdeutschen Grenze und der Wiedervereinigung Deutschlands dachte ich,
wir hätten mehr
Freiheiten
als damals.

**Seit geraumer Zeit muss ich aber feststellen,
dass dies nicht der Fall ist!**

Wir leben jetzt nur in einer anderen Diktatur...

Wie kann es denn sonst geschehen, dass wir Raucher uns schon diskriminiert und verfolgt fühlen?

Seit Menschen Gedenken gibt es immer wieder Gruppierungen oder Minderheiten, die verfolgt, verboten oder gar versucht wurden auszurotten.

Nehmen wir nur einmal die Indianer oder Menschen, die auf Grund ihrer Hautfarbe verfolgt, versklavt, gepeinigt und getötet wurden, oder gar die Juden...

Wozu sind Menschen bloß fähig???

Es gab leider schon immer perverse Schwachköpfe, die es geschafft haben, genügend törichte Mitstreiter für ihre menschenverachtenden Intrigen zu finden und aufzustacheln, um ihre obskuren Machenschaften in die Tat umzusetzen.

So finden sich selbst heutzutage, im 21. Jahrhundert, tatsächlich noch Spinner zusammen, die es fertig bringen, Gerichte damit zu beschäftigen, harmlosen Rauchern das Leben schwer zu machen!

Zum Thema Mensch fällt mir nur Folgendes ein:

Der Mensch

Der Mensch, auch als Krone der Schöpfung bekannt,
zog einst noch mit einem Faustkeil durchs Land.
Er hauste in Höhlen und war ein Barbar,
aber das ist Geschichte, ***oder immer noch wahr?***

Beim Sammeln, Angeln und bei der Ja**ch**t
hat er dann gravierende Fehler gemacht.
Verschwunden sind somit verschiedene Arten,
sie kommen nie wieder, wir brauchen nicht warten.

Er bekämpfte sich selbst durch Kriege, oh Graus,
aber lernen wollte er partout nicht daraus.
So bekriegt er noch heute im Glaube den Feind,
wobei er wohl eher den Bruder doch meint.

Raubbau, so denkt er, das ist nicht verkehrt,
schade nur, dass sich kaum jemand wehrt!
Er verpestet die Luft und fällt jeden Baum,
durch Raffgier zerstört er so jeden Traum.

Den Traum, den ein Jeder von uns hat,
von sauberen Flüssen und Wäldern satt,
von saftigen Wiesen und reiner Luft
und in ihr ein sanfter Blütenduft.

Der Mensch begann die Atome zu spalten,
was sollen wir davon heute noch halten?

*__Welche Maus baut sich selbst eine Mausefalle?
Ich glaube, der Mensch, der hat sie nicht alle!__*

Durch Machtwahn, Habgier und Sucht nach Gewinn,
rafft er so unsere schöne Welt, die Erde dahin.

*__Wenn ich so sinniere, kommt mir in den Sinn,
dass ich wohl gar kein Menschenkind bin...__*

Dabei sind wir doch alle sooooooooooooo tolerant, oder?

Wir tolerieren, inzwischen Schwule und Lesben, selbst dass diese heiraten dürfen,
wir tolerieren andere Glaubensrichtungen, sogar, dass sie ihre eigenen Tempel und Pagoden bei uns errichten dürfen.

Gegen all das habe ich auch nichts einzuwenden!

Wir tolerieren Atomreaktoren und Endlager für Atommüll,
wir tolerieren Bauskandale, wie z.B. den Flughafen Berlin Schönefeld, Stuttgart 21 und viele weitere mehr, wo utopische Summen verquast und durch unsere Steuergelder finanziert werden,
wir tolerieren die ständigen Phrasen unserer Politiker und deren fatale Fehlentscheidungen,
wir tolerieren Gehälter und Abfindungen für Manager, die in keiner Relation stehen,
wir tolerieren dass uns unsere Krankenversicherungen stetig weiter abzocken, obwohl sie Milliarden-Umsätze machen,
wir tolerieren Lebensmittelskandale und dass unsere Lebensmittel nicht schärfer kontrolliert werden,
wir tolerieren ein immer wiederkehrendes Chaos der Deutschen Bundesbahn,
wir tolerieren dass z. B. Fußballer Unsummen pro Trag verdienen, was ein Otto Normalverbraucher nicht einmal im Monat bekommt,

wir tolerieren den Mist, mit dem man uns tagtäglich im Fernsehen bombardiert, wie z. B.: „Die Simpsons", „Die Geissens", „Bauer sucht Frau", „Frauentausch", „Ich bin ein Star – Holt mich hier raus!" usw., um nur einige Dinge beim Namen zu nennen.

**All das bietet doch
ein breites Betätigungsfeld (_nicht nur_) für Leute,
die nicht wissen, was sie mit ihrer Zeit anfangen sollen,
wo sie ihre überschüssige Energie sinnvoll und zum Wohle aller
einsetzen und sich mit Fug und Recht Aufregen könnten,**

**denn all das
stinkt zum Himmel!**

Stattdessen gehen sie uns Rauchern auf den Geist.

Was müssen das nur für armselige, unausgeglichene, ständig unzufriedene, immer nörgelnde, arme Charaktere sein, die uns Rauchern versuchen, das Leben schwer zu machen?

„Ob sie vielleicht nur ein frustrierendes, unerfülltes Sexleben haben und dies als eine Art Onanie betreiben?"

Wie dem auch sei, wir dürfen uns solche Frechheiten nicht mehr länger bieten lassen!

Ein Freund von mir (Raucher) hat zum Beispiel eine Nachbarin, die ständig ihre Terrassentür mit Wucht zu schmeißt, wenn diese heraus kommt und riecht, dass er gerade raucht.

Wenn wir gemeinsam bei ihm sitzen und das gerade der Fall ist , zucken wir jedes Mal vor Schreck zusammen.

Die Gefahr, durch solch einen Schrecken zu sterben, liegt dort deutlich höher, als an den Folgen des Rauchens.

Ich kenne ferner weder aus meiner Verwandtschaft noch von Freunden oder Bekannten irgendwelche Nachrichten, dass dort jemand an den Folgen seines Rauchgenusses verstorben ist.

Es waren in den meisten Fällen tragische Todesfälle durch Krebs, die aber immer wieder nur Nichtraucher betrafen!
Die stellen sich dann die Frage, woher dieser wohl kommen mag.

Sollte ich jedoch an solch einer heimtückischen Krankheit erkranken, könnte ich mir selbst die Frage beantworten und mir sagen:
„Ich habe geraucht, bin durch Nahrung, Wasser und Umwelt systematisch in kleinen Dosen vergiftet worden,

es könnte aber am Rauchen liegen...!"

**Ich bin allergisch gegen den Geruch von vielen Weichspülern
oder anderen chemischen, stark riechenden Substanzen.
Immer wenn jemand in der unmittelbaren Nachbarschaft seine
Wäsche aufhängt, halte ich es nicht lange draußen aus und muss
rein gehen.**

**Sollte ich nun zum Gericht spazieren und mich dort beklagen,
dass diese Gerüche, welche bei mir starke Hustenreize, tränende
Augen oder Niesattacken hervorrufen,
nicht zum Aushalten sind?**

Oder

**Sollte ich mich gar bei Gericht beschweren, dass einer meiner
Nachbarn, ein älter Herr,
sich jedes Mal auf seinem Balkon entbläht,
laut und voller Inbrunst vor sich hin furzt,
„dass sich die Balken biegen"
und dieser faulige Gestank bei ungünstigem Wind
direkt zu mir bläst,
was bei mir wiederum einen blanken Ekel
im Nasal-,
sowie im akustischen Bereich
hervorruft,
der zu Würgereizen führt?**

Auch kann ich unser Schlafzimmerfenster in der Nacht nicht offen stehen lassen,
weil des öfteren Fahrzeuge vor dem Haus ankommen oder abfahren und somit die Abgase in die Wohnung ziehen.

Soll ich mich deswegen aufregen?

Was sonst noch so passieren kann...

Es war im Sommer letzten Jahres, als ich mit meiner Frau (Nichtraucherin)
vor einem Cafè auf der Terrasse saß und mit ihr ein leckeres Stück Kuchen zum Kaffee verspeiste.

Auf den Tischen standen Aschenbecher und so zündete ich mir, nachdem wir aufgegessen hatten,
eine Zigarette an, die ich zu meinem Kaffee genießen wollte.
Ringsherum waren alle Tische frei.

Plötzlich näherte sich ein versnobter älterer Herr unserem Tisch mit irgendeinem Essen in der Hand und fragte uns, ob er am Tisch neben uns Platz nehmen dürfe...

Ich sagte: „Warum nicht, bitte schön!"
Er hatte genau gesehen, dass ich rauchte.

Als er zu essen begann, fragte er mich ganz unverfroren:
„Könnten Sie bitte Ihre eklige Zigarette ausmachen, denn der Qualm stört mich?"

Meine Frau schaute mich total baff an und sagte zu ihm in einem völlig ruhigen und sachlichen Ton,
was mich absolut überraschte:

„Nun hören Sie mir mal gut zu!
Es sind ringsherum sämtliche Tische frei und obwohl Sie sahen, dass mein Mann raucht, setzten Sie sich ausgerechnet an den Tisch neben uns.
Suchen Sie Streit? Wollen Sie meinen Mann provozieren?
Wenn Sie etwas stört, dann setzen Sie sich doch woanders hin, wir waren schließlich zu erst hier!"

Damit hatte er wohl überhaupt nicht gerechnet.
Er stand auf, murmelte sich etwas in seinen nichtvorhanden Bart und verschwand Gott sei Dank aus unserem Blickfeld...

Es gibt schon widerwärtige Menschen, die einzig und allein nur auf Provokation aus sind.

Ich hätte diesem Spinner am liebsten gehörig in den Hintern getreten!

Aber vielleicht war es ja dass, worauf er nur gewartet hatte?

Ich hingegen warte nur noch auf den Tag, an dem mir vielleicht noch ein militanter Nichtraucher die Zigarette aus dem Mund schießt.

Wundern kann einen hier doch gar nichts mehr...

Wer weis, was uns Rauchern in Zukunft noch so alles wiederfährt?

Wir sollten uns aber nicht provozieren lassen und uns aufregen, sondern langsam einmal
die Initiative ergreifen
und auf unsere Persönlichkeitsrechte pochen!

Enttäuscht bin ich von der Tabak - Industrie, denn diese unterstütz uns Raucher, denen sie ihre Existenz zu verdanken haben und sich nur durch uns ihr luxuriöses Leben leisten können, in keiner Weise!
Im Gegenteil, die Tabak-Lobby nimmt steigende Tabaksteuern billigend in Kauf...

<u>Nur das allein</u>
wäre für mich ein Grund,
zum kollektiven „Rauchstopp" aufzurufen,
damit es denen ans Eingemachte geht.

Vielleicht würden sie dann einmal wach werden...

Soll der Genuss von Tabak
etwa nur zu
einem weiteren Privileg
der
„Reichen und Schönen"
werden?

**Deutschland nimmt jährlich
ca. 14 Milliarden Euro
allein durch die Tabaksteuer ein.**

Wie blöd muss doch ein Großunternehmer sein,
der eines seiner gewinnträchtigsten Produkte
verteuert,
obwohl er durch Preisnachlässe und einem höheren Absatz
einen viel höheren
Gewinn
verzeichnen würde?

Dieser kommt doch dem gesamten Unternehmen zu Gute.

*Ein Staat ist aber eigentlich nichts Anderes als ein
Großunternehmen...*
Und warum handelt er dann nicht wie ein solches?

Dabei galt doch schon immer die Formel:

„Kleine Preise, große Mengen!"

Aber Gier macht leider oft auch vergesslich...

Der Artikel 1 des Grundgesetzes für die Bundesrepublik Deutschland lautet:

„Die Würde des Menschen ist unantastbar. Sie zu achten und zu schützen ist Verpflichtung aller staatlichen Gewalt."

Ich persönlich fühle mich durch solche diskriminierenden Akte der staatlichen Gewalt (Gesetzgebung), wie das Rauchverbot auf Bahnhöfen und Flughäfen, sowie in öffentlichen Gaststätten und - Gebäuden, wie ein Aussätziger.

„Es fehlt nur noch, dass man Raucher in Quarantäne steckt, bevor sie einen Zug, ein Flugzeug bzw. eine Gaststätte betreten dürfen..."

Durch gerichtliche Beschlüsse, wie den eingangs erwähnten und alle anderen, die das Rauchen betreffen und dieses einschränken bzw. untersagen, fühle ich mich des weiteren in meinen **Persönlichkeitsrechten** nicht nur *„angetastet"*, sondern *„unsittlich berührt"*, ausgegrenzt, verachtet, in meiner menschlichen Würde angegriffen und zu tiefst verletzt!

Nur zur Information:
Als **Persönlichkeitsrecht** bezeichnet man ein Bündel von Rechten, die dem <u>Schutz der Persönlichkeit vor Eingriffen in deren Lebens- und Freiheitsbereich</u> dienen.

Nun, liebe Tabak-Freunde,

wünsche ich Euch weiterhin einen uneingeschränkten
Rauchgenuss,
den wir uns durch niemanden verdrießen lassen sollten,
und immer
ein funktionierendes Feuerzeug bzw. Streichhölzer
zur Hand!
Setzt Euch zur Wehr und überschüttet die Gerichte, wenn
nötig, mit Beschwerden, gegen Gerichtsbeschlüsse,
die uns in unseren
Persönlichkeitsrechten einschränken
und zeigt diesen „extremen Nichtrauchern",
dass sie nicht allein auf dieser Welt leben!
Denn sie werden uns weiter gewaltig auf den Nerv gehen.
***Wie würden diese wohl reagieren, wenn sie ihrer
Persönlichkeitsrechte
beraubt werden würden?***
Solche Dreistigkeiten und Ungerechtigkeit
werden wir jedenfalls
nicht tolerieren!

Buchtipp:

ISBN-NR: 978-3734755163

In diesem Buch, das im Februar 2015 erscheint, erzähle ich die interessante und spannende Lebensgeschichte meiner geschätzten Nachbarin, Elfriede Wolff, die neben meiner Ehefrau die toleranteste Frau ist, die ich je kennen gelernt habe.

- Sie toleriert selbst Raucher -

PLATZ FÜR NOTIZEN

PLATZ FÜR NOTIZEN